平和の島

波の向こうの王国

ジェシカ・ヒンツ

米国
2024年

インプリント

本のタイトル: 平和の島 - 波の向こうの王国
著者: ジェシカ・ヒンツ

著者: ジェシカ・ヒンツ
連絡先: boxingboy898337@gmail.com

コンテンツ

第 1 章: 海岸での神秘的な出会い

ローズマリー・エヴァンスは、夕日の黄金色が、きらめく波の無限の地平線に暖かい光を投げかけながら、海岸沿いをさまよっていました。彼女が歩きながら、彼女の目は遠くに誇らしげにそびえ立つ壮大な海の城、その優雅な塔が空にそびえ立っていたことに釘付けになった。そこは彼女の父親の所有地であり、広大で休むことのない海を見渡す壮大な邸宅だった。しかし、その光景の美しさと彼女が裕福な家庭に生まれたにもかかわらず、彼女の心には不安な感情が残りました。

彼女は、その名がイギリスにおける富と影響力の代名詞であったジェラルド・エヴァンス卿の一人娘でした。しかし、ローズマリーは恵まれた生活にもかかわらず、父親がパールズベリー伯爵の未亡人と最近再婚したことにほとんど喜びを感じなかった。この結婚は社会的に祝福されたものの、ローズマリーには痛ましい孤独感が残りました。

彼女の母親、レディ・エヴァンスは、ローズマリーがまだ10歳のときに亡くなりました。その悲劇的な喪失以来、父親は彼女にとって唯一の慰めと仲間でした。母親の思い出は今も彼女を悩ませており、父親の人生に別の女性が存在することで、彼女は見捨てられたという感覚がさらに深まるばかりだった。彼女は数年ぶりに、まるで漂流しているように感じ、かつてとても豊かだった愛と関心を心で求めていた。

ビーチに沿って歩きながら、ローズマリーの目には涙があふれてきましたが、日を追うごとに深刻に感じ始めていた孤独感によって彼女の思考は曇っていました。彼女は神に静かな祈りをささやき、平和を、慰めを、心の痛みを和らげてくれる何かを求めました。

歩き続けると、彼女の視線は水辺の近くにある珍しいものに引き寄せられました。彼女は立ち止まり、消えゆく光に目を細め、目の前の奇妙な光景を理解しようとしました。そこには、湿った砂の上に、疲れ果てた小さなタツノオトシゴが横たわり、その繊細な体はかろうじて動いていました。その横には、まるで意図的にそこに置かれたかのように、装飾の施された小さな箱がありました。

好奇心がそそられたローズマリーはかがみ込み、慎重に箱を持ち上げました。彼女の指がその滑らかな表面に触れた瞬間、そこから奇妙な暖かさが放射されているように見え、彼女が何が起こっているのかを完全に理解する間もなく、タツノオトシゴは輝き始めました。それは明るく輝いて、ほとんど目が見えなくなった。光があまりにも強かったので、彼女は明るさに耐えられず目を閉じなければなりませんでした。

再びそれらを開いたとき、彼女は自分が見たものをほとんど信じられませんでした。タツノオトシゴの代わりに立派な白い馬が立っており、その毛皮は薄れていく光の中で雪のように輝いていました。その生き物は背が高く、エレガントで、優雅さと強さの感覚を醸し出していました。ローズマリーは一瞬凍りつき、胸の中で心臓が高鳴った。恐怖の波が彼女を襲ったが、その理由を彼女は完全には説明できなかった。馬は美しかったが、突然現れた異様な輝きと相まって、彼女は不安を感じた。

「想像したんですか？」彼女はその瞬間を合理的に説明しようとしながら考えた。「たぶん、今、瞬く間に到着したのでしょう。」

深呼吸をして、ローズマリーは一瞬のパニックを振り払い、周囲を見回した。海岸には人影はなく、近くに馬を奪った可能性のある人の気配はなかった。あり得ないほど、それは彼女以外の誰のものでもないように思えた。試しに、彼女は手を伸ばして、その動物の柔らかくビロードのような首に手を置きました。馬は、まるで彼女の感触を認識して歓迎したかのように、そっと微笑んでそれに応えた。

平安の感覚が彼女を襲い、少し前まで彼女を捉えていた不安は消え始めた。彼女は馬を置き去りにする気にはなれなかった。それは美しすぎて、優しすぎて、まるでずっと彼女を待っていたかのように、説明しがたい絆を感じた。まだ手に持っていた謎の箱を最後に見て、彼女は馬を連れて行くことに決めました。

彼女が海の城に向かって歩いて戻ると、白い馬が静かに彼女を追って、ひづめの鼓動を砂に優しく響かせました。ローズマリーは肩越しにそれがまだそこにあり、まるでずっと彼女のものだったかのように彼女の後ろを追いかけているのを見て驚きました。それがどこから来たのか、なぜ現れたのかは彼女には分かりませんでしたが、それを城門に向かって道を進んでいくと、奇妙な目的意識を感じました。

この馬は大きくて堂々としていたが、まったく脅威を感じさせなかった。その代わりに、それは穏やかな優雅さで動き、その存在はローズマリーにはうまく説明できなかった方法で安心させました。彼女は再び動物の首に触れ、論理や理性を超えたつながりを感じて微笑んだ。まるでこの素晴らしい生き物の中に仲間、友人を見つけたかのようでした。

ローズマリーが城に近づくと夕方の空気は冷たかったが、馬の存在の温かさが彼女を慰めてくれた。それは奇妙で魔法のような瞬間で、現実と幻想的なものとの境界線があいまいになるような瞬間でした。しかしその瞬間、ローズマリーはそれに疑問を抱きませんでした。彼女はただそれを受け入れ、その出会いの魔法に包まれることに身を任せた。

彼女が城に入ると、馬はためらうことなく彼女を追っていき、ひづめの音が石の床に響きました。ローズマリーの心は驚きと感謝の気持ちが入り混じって胸がいっぱいになりました。彼女は慰めを求めて海岸にやって来ましたが、どういうわけか最も予想外の方法でそれを見つけました。彼女には、今後何が起こるのか、なぜ馬が現れたのかわかりませんでしたが、久しぶりに、それほど孤独ではないと感じました。

馬は静かに彼女の隣に立ち、あたかも彼女の次の動きを待っているかのように頭を彼女の方に向けた。彼女は箱を近くのテーブルの上に注意深く置き、馬のたてがみを撫でた。柔らかく絹のような毛束がそよ風のように彼女の指をすり抜けた。そのとき、彼女は馬がただ美しいだけの生き物ではなく、それ以上のものであることに気づきました。より偉大な何か、彼女がまだ理解できなかった何かの象徴。

タツノオトシゴの魔法のような輝き、馬の姿、箱、すべてが夢か、あるいは何かの予兆のように感じられました。しかし、それが何であれ、ローズマリーは、海岸沿いの一瞬の瞬間に自分の人生が変わってしまったことに気づきました。かつて彼女を蝕んだ悲しみと孤独は背景に消え去り、新たな驚きと可能性の感覚に取って代わられたようだった。

夜が終わりに近づき、最後の太陽の光が地平線の彼方に消えたとき、ローズマリーは心の中に希望の光がちらつくのを感じずにはいられませんでした。今や彼女の世界の一部となった馬は、これからも彼女に力と友を与えてくれる、そばにいてくれるだろう。彼女はこの旅がどこに向かうのかわかりませんでしたが、久しぶりに次に何が起こるかを受け入れる準備ができていました。

そして、城が目の前に迫り、その小塔が夕暮れで暗くなったとき、ローズマリー・エヴァンスは、複雑で不確実ではあるが、自分の人生が異常な方向に進んでいることを悟った。海岸は彼女に贈り物を与えました。それは、彼女を謎と魔法の両方に満ちた未来に連れて行ってくれる贈り物でした。

第 2 章: 雄大な馬の到着

ローズマリー・エヴァンスが立派な白馬を従えて到着すると、海の城の門が大きく開いた。屋敷の出入りには長年慣れていた衛兵たちは、彼女を追ってくる優雅な生き物の姿を見て驚いた。それは彼らがこれまで見たことのない驚くべき光景で、ローズマリーが近づいてくるのを見ると彼らの顔は喜びで輝いた。

「ローズマリーさん！」警備員の一人が敬意を持ってうなずきながら声をかけた。「今日はなんて素晴らしい馬を連れてきたのでしょう。」

ローズマリーは優雅な笑みを浮かべて敬礼を返した。「この馬を海岸で見つけました」と彼女は説明した。「周りに誰もいなかったので、ここに連れてくることにしました。おとなしく、とても賢いようです。優しく扱って世話をしてくれると信じています。」

「よろしくお願いします、お嬢様！」衛兵たちは一斉に答え、彼女の前で深々と頭を下げた。彼らが馬とローズマリーの両方に賞賛しているのは明らかでした。彼女が通り過ぎるとき、彼らは脇に立ち、静かに優雅に城の扉に向かって進み、馬は彼女の後ろをぴったりと追いかけました。

ローズマリーは馬の中に入ると、馬を細心の注意を払って扱うよう厩務員に指示した。「徹底的に手入れをして、最高級のサドル、あぶみ、そして輝く白のアクセサリーを取り付けてほしい。一週間以内には乗れるようにしたいのです。」と彼女は言った。彼女は静かな権威を持った雰囲気で話し、男たちは彼女の命令に熱心に従おうとして同意してうなずいた。

馬の世話が終わったので、ローズマリーは自分の部屋に戻り、馬の横で見つけた不思議な箱を確保しました。彼女はそれを他の貴重な宝石の中に慎重に置き、鍵を安全に隠したまま小さな箱に閉じ込めました。ローズマリーは、箱を開ける勇気はありませんでした——とにかく、まだです。タツノオトシゴの奇妙な輝きと突然現れた白い馬は、彼女に無視できない疑惑を残しました。箱には何が入っていましたか？彼女が知っている以上に馬に何かがあったのでしょうか？

彼女は知りませんでしたが、まだその秘密を明らかにする準備ができていませんでした。

その間、馬は厩務員によって王族のように扱われました。ローズマリーの指示は明確で、彼らはこの素晴らしい生き物を甘やかすためにあらゆる努力を惜しみませんでした。お城の店から最高の餌を与えられ、毛並みは完璧に磨かれていました。この白い馬はすぐに厩舎にいる他の馬の羨望の的となり、その汚れのない美しさと優雅さで目立ちました。それが醸し出す優雅なオーラ、つまり周囲の空気そのものを高揚させるようなオーラに気付かないことは不可能でした。

その夜、城は興奮に満ちていました。新しい客人、つまり国王の賓客が到着し、馬の存在が邸宅の話題になったのも当然のことでした。ローズマリーの父親であるサー・ジェラルド・エヴァンスと彼の新しい花嫁であるレディ・エヴァンスは、この生き物を最初に賞賛した人の一人でした。

「なんと素晴らしい動物でしょう、愛する人よ」とサー・ジェラルドは馬を観察しながら感嘆で目を大きく見開いて言った。「言わなければなりませんが、これほど似たものは見たことがありません。」

エヴァンス夫人は温かく微笑みながら、「とても美しいですね。私たちの生活にこれを持ち込んでくれて、ローズマリーさん、ありがとう。城に素晴らしい追加物になるでしょう。」と付け加えました。

ローズマリーは一瞬の誇りを感じましたが、それはレディ・エヴァンスの存在によってすぐに消えてしまいました。賞賛にもかかわらず、新しい継母の言葉には何か不安なところがあり、彼女の人生の変化を常に思い出させられるため、その瞬間を十分に楽しむことが困難でした。

その後、家族が城の大広間に集まったとき、話題は再び馬のことになりました。エヴァンス夫人は、興奮で目を輝かせ、ジェラルド卿と一緒に動物に乗りたいという願望を表明しました。「素晴らしいと思いませんか、ジェラルド？」彼女は言いました。「こんな雄大な生き物なら乗ってみたいですよね？」

ローズマリーは胸の中にちらつく不安を感じた。馬は彼女に対してとても落ち着いていましたが、他の人が馬に乗っていると思うと彼女は不安になったようです。そこにはとても独特で、とても壊れやすいものを感じたので、彼女はそれを安全に保管しなければならないという感情を払拭することができませんでした。それでも、彼女は過度に保護的だと思われたくなかったので、返答する前に躊躇しました。

「十分に友好的に見えますよ」とローズマリーさんは懸念を隠そうとした。「でも、落ち着くまで少し時間を与えたほうがいいかもしれません。この城はまだ新しいです。」

後ろで静かに立っていた家庭教師のローラが突然声を上げた。　「この考えについてはよくわかりません」と、彼女はきっぱりとした懐疑的な声で言った。「その馬は、穏やかな態度とは裏腹に、野生である可能性があります。そのような動物には常に注意した方が良いです。」

ローズマリーは彼女の方を向いた。「でも、とても優しいようですね」と彼女はローラを安心させようと反論した。「まったく困ったことはありません。」

ローラは眉を上げた。「私はこれまでに十分な数の馬を見てきたので、見た目が騙される可能性があることを知っています。このことを考え直したほうがいいかもしれません。」

「信頼できると思います」とローズマリーは、以前より自信を持った口調で言った。「きっと大丈夫だよ。お父さん、そう思わない？」

静かに聞いていたジェラルド卿がついに口を開いた。「ローズマリーの言うことが正しいと思います」と彼は、穏やかだが権威ある声で言った。「チャンスを与えてみましょう。もし行儀が良ければ、レディ・エヴァンスを乗せても問題ありません。」

ローズマリーは、父親が味方してくれたことがうれしく、安堵の笑みを浮かべた。彼女はローラをちらっと見たが、ローラはあまり満足していないようだったが、何もすることができなかった。決定は下されました。

エヴァンス夫人は承認に興奮し、手をたたいた。「素晴らしいですね！明日騎乗する予定を立てます。このような素晴らしい馬に乗るのが待ちきれません。」

ローズマリーには、継母がすでに馬に乗っている自分の姿を想像しているのが見えましたが、心のどこかで不安が残りました。彼女は馬が自分のものである、自分だけのものであるという感覚を払拭することができませんでした。それでも彼女は自分の考えを胸に秘め、夜を楽しもうと努めた。

残りの夜、城はおしゃべりと笑い声で満ちていました。その馬は注目の的となり、それを見たすべての人から賞賛されました。ローズマリーは誇りと保護心が入り混じった奇妙な感情を抱かずにはいられませんでしたが、その生き物の美しさが、しばらく行方不明になっていた城に喜びをもたらしたことも否定できませんでした。ジェラルド卿は満足したようで、エヴァンス夫人も喜んでおり、その夜に集まった客たちは馬の優雅さと優雅さを賞賛しました。

しかし、すべての興奮の中で、沈黙を保ち、どこかよそよそしい人物が一人いました。家庭教師のローラです。彼女が不承認であることは明らかでしたが、それは重要ではありませんでした。エヴァンス一家の遊び心はすっかり引き継がれ、その夜は笑いと新たな冒険の約束に満ちていました。家庭教師を除く全員にとって、海の城での素晴らしい夜でした。

夜が更けるにつれ、ローズマリーは白馬のことを考えながら自分の部屋に戻りました。次に何が起こるか彼女にはまったく分かりませんでしたが、一つだけ確かなことはわかっていました。海岸で見つけた瞬間に彼女の人生は変わってしまい、この奇妙な旅が彼女をどこへ連れて行くのかもわかりませんでした。

第 3 章: 運命の乗り物

1週間の細心の注意とトレーニングを経て、ついにその日がやって来ました。慎重に監視され、旅の準備が整えられていた馬は、初騎乗の準備が整っていました。ローズマリーは夜明け前に目を覚まし、明日の準備をしながら期待を感じました。メイドたちは彼女が旅の服装に着替えるのを手伝ってくれた。旅に適した軽くて快適な服で、朝の寒さから守るために肩にマントを掛けたものだった。彼女は外へ出る前に、いくつかの最終指示を出し、今後の走行に向けてすべてが順調であることを確認しました。

家庭教師のローラさんもすでに乗車の準備をしていた。この家庭教師は、ローズマリーが幼い頃からずっと付き添い、13歳のときにローズマリーが初めてポニーに乗って以来、毎回の遠足に一緒に乗っていました。彼女は厳格な女性で、特に乗馬の際にはローズマリーの安全に常に気を配っていました。何年も経った今でも、ローラは相変わらず慎重で、怪我を恐れてローズマリーにスピードを出しすぎないよう決心していた。

彼らは女性たちを守ることを唯一の目的とした10人の武装した男たちを伴い、旅に出発しました。男性たちはよく訓練されており、必要に応じて女性たちを守ることができましたが、彼らの主な義務はローズマリーと彼女の家庭教師の安全を確保することであることを知っていました。彼らがたどった道は曲がりくねった穏やかな道で、両側にはそびえ立つ木々がそびえ立ち、その枝が地面に柔らかい影を落としていた。

乗り始めたとき、ローズマリーは早朝の静かな美しさに気付かずにはいられませんでした。まだ空気中に残っている霧は、太陽の光の暖かさでゆっくりと消えていきました。道沿いの花々も目覚めたように見え、色はより鮮やかになり、香りはより香るようになり、あたかも彼らもローズマリーを迎えているかのようでした。小さな露のしずくが木の葉に付着し、太陽の光を受けて輝き、その光景はまるで別世界のような魔法のように見えました。あたかも自然そのものが彼女を祝福しているように感じ、束の間、彼女は世界との平和を感じました。

馬に乗るのは、ローズマリーがこれまでに経験したこととはまったく異なるものでした。乗り心地はスムーズで、ほとんど楽で、動物は魅惑的かつ超現実的な優雅さで地形を滑走しているように見えました。ローズマリーは生まれて初めて、自分の下にいる生き物との深いつながりを感じました。まるで馬が彼女自身の延長であり、彼女のあらゆる考えや欲望と完全に調和して動いているかのようでした。

彼女は肩越しにちらっと振り返ると、家庭教師と男たちが後を追っているのが見えた。ローラは予想通り、ローズマリーのペースについていけなかった。家庭教師は彼女に声をかけ、速度を落とすよう促した。「ローズマリーをください！」ローラの声は不安を帯びて空気中に伝わった。　「速度を落とさないと危ないよ！」彼女の言葉には、ローズマリーが子供の頃から車に乗るたびに感じていたのと同じ慎重さが含まれていた。

しかし、ローズマリーはその瞬間の高揚感に夢中になっていて、彼女の声をほとんど聞くことができませんでした。　「きっと野生の馬に違いない」ローラは息をひそめながらつぶやき、刻一刻と不安が大きくなった。

しかし、ローズマリーは恐怖を感じませんでした。彼女にはその理由は分かりませんでしたが、馬が自分に危害を加えることはないだろうと心の底では分かっていました。それはあたかも彼女と馬が暗黙の絆、一緒に過ごした静かな時間の中で築かれた信頼を共有しているかのようでした。しかし、二人の間の距離が広がり、家庭教師の叫び声がますます遠くなるにつれて、ローズマリーの心は不安感で高鳴りました。もしかしてその馬は本当に野生だったのでしょうか？それともそれ以上の何か、彼女を彼女の理解を超えた力と結びつける何かだったのだろうか？

馬車の運転は続き、ローズマリーはすぐに家庭教師や男性たちの数ヤード先まで進んだ。馬がより速く動き、ひづめがリズミカルな正確さで地面を叩くにつれて、彼女の周りの世界がぼやけて見えたように見えました。彼らが先に進むほど、ローズマリーは、まるで何かが彼らを先導し、未知の目的地に向かって押し進めているかのように、説明できない引力を感じました。

突然、馬のペースが上がり、そのスピードはほとんど超自然的なものになりました。ローズマリーが反応する前に、その生き物は道を逸れ、まるで風そのものが彼らを捉えたかのような速さで疾走した。ローズマリーは手綱をしっかりと握りましたが、馬は完全にコントロールしているようで、驚くべきスピードで馬を森の奥へと連れて行きました。しかし驚いたことに、彼女はそのような高速走行に伴う通常のパニックを感じませんでした。実際、彼女は疲れや息切れをまったく感じませんでした。馬はまるで目に見えない力に導かれているかのように、力を入れずに動いているように見えました。

永遠のように思えた時間が経って、馬はついに森の奥深くにある大きな樫の木の天蓋の下で止まりました。ローズマリーは動揺していましたが、怖がることはありませんでした。彼女はゆっくりと馬から降り、思考は混乱の渦を巻いた。いったい何が起こったのでしょうか？彼女の周りの森は奇妙に静かで、空気は言葉にならない存在で重く感じられました。彼女は何が起こったのか理解しようとして、しばらくそこに立っていました。

突然、輝くような閃光が彼女の前に現れ、柔らかくメロディアスな声が空気に響きました。彼女の名前を呼ぶその声は、まるで風に乗って浮かんでいるかのように、透き通っていて、甘く、音楽的だった。

「ローズマリー…ローズマリー…」と歌う声が木々に響き渡った。

ローズマリーは驚いて周囲を見回し、声の発信源を見つけようとした。　"これは誰ですか？"彼女は心臓が高鳴りながら叫んだ。　「何が起こっているのですか？私に何を求めていますか？」

声は穏やかで穏やかな声で答えた。「タツノオトシゴはあなたのものです、ローズマリー。あなたが平和の島で栄光を受ける運命にある限り、あなたはその正当な所有者です。恐れる必要はありません。あなたの使命が完了したら去っていくでしょうから、それをあなたのそばに置いてください。」

ローズマリーは動かずに立ったまま、言葉を理解するのに苦労した。　「何のミッション？」彼女は不安で声を震わせながら尋ねた。

「あなたが馬から奪った真珠の箱は約束の象徴です」と声は説明した。「平和の島の人々に栄光と富をもたらす約束です。しかし気をつけてください。暗い森の魔女があなたからそれを盗もうとしており、彼女は、平和の島に招待されているグレイ・ウィンクル卿の助けを求めています。」今夜の舞踏会で、あなたはその箱を持ってきて、かつて母親と一緒に住んでいた常緑の森の中にある父親のロック城に保管しなければなりません。」

声は一旦止まり、さらにこう付け加えた。「これは一人でやらなければなりません。城に着くまで道を外れてはいけません。もし外れてしまったら、永遠に道に迷ってしまいます。真珠の箱はあなたを守ってくれますが、それはあなたがそれを信頼している場合に限ります。」他人に任せないでください。」

その声は今や消えかけており、その最後の言葉は祝福のように空中に残っていた。「助けがあなたにやって来ます、ローズマリー。そしてやがてあなたは本当の愛を見つけるでしょう。あなたの成功を祈ります。神があなたとともにおられますように。」

そう言って光は消え、声は静まり返った。ローズマリーは静かな森の中に立っており、胸の中でドキドキしていました。彼女は周囲を見回しながら、信じられないほどの出会いをまだ処理していなかった。

突然、緊迫感が彼女を襲った。手遅れになる前に海の城に戻る必要があった。

彼女は向きを変え、急いで道に沿って戻り、思考を急いだ。彼女が再び道に現れた瞬間、彼女の家庭教師と男たちが必死に彼女を探しているのが見えました。彼女を見つけたとき、彼らは安堵したのが明らかで、彼女が海の城へ戻る途中ですぐに彼女の後ろに並びました。家庭教師は明らかに動揺していたが、ローズマリーが無事だったことを見て大喜びした。

彼らが城に戻る途中、ローズマリーは不思議に思わずにはいられませんでした。一体何が起こったのでしょうか？彼女に選ばれた使命とは何だったのでしょうか？そして最も重要なことは、森の中で彼女に話しかけた声は誰だったのかということです。

一つ確かなことは、彼女の人生は永遠に変わってしまったということだ。そして、新たな旅はまだ始まったばかりだった。

第4章: ロックキャッスルへの突入

海の城のホールに夕食の鐘が鳴り響くと、ローズマリーは静かに入りましたが、彼女の考えは夕食とはかけ離れていました。緊迫感を持って、彼女は大食堂を迂回し、直接自分の個室に向かった。彼女の決断の重みで空気は重く、彼女の一歩一歩が不確かな運命への一歩のように感じられた。

部屋に入ると、ローズマリーは時間を無駄にしませんでした。彼女はベッドの足元にあるチェスト、真珠の箱を隠していたチェストへとまっすぐに歩きました。彼女は繊細な手でチェストを開け、箱を取り出しました。彼女はそれを、まるで世界で一番貴重なものであるかのように、そっと抱きしめた。その冷たい表面は彼女の肌に安心感を与えたが、その重要性の重さははるかに差し迫っていた。しばらくためらった後、彼女はその箱をマントの深いポケットに滑り込ませ、それが安全であることを確認した。

ドアのそばに立っている間、彼女の心は高鳴り、その目は向こうの廊下にちらつきました。彼女の心臓は高鳴り、恐怖と決意が入り混じった感情が胸に落ち着きました。彼女には重要な使命が与えられ、もう後戻りはできませんでした。

しかし、ローズマリーは歩き出す前に立ち止まりました。彼女は部屋の方、壁にかかっている美しい十字架の方を振り返った。彼女はひざまずいて目を閉じて祈りました。その言葉は、彼女の心の緊張と一致するほどの緊迫感で彼女の口からこぼれた。

「お願いです、神様」彼女は声をわずかに震わせながらささやいた。「これがあなたのご意志ではないのなら、私を止めてください。しかし、もしそうなら、それを見届ける力を私に与えてください。私を守って、平和の島の人々を守ってください。」彼女の言葉はシンプルでしたが、世界の重みを持っていました。彼女は導き、明晰さ、そしてこれから何が待ち受けていても立ち向かう勇気を求めて祈りました。

終わったとき、彼女は立ち上がり、決意を固めた。彼女は深呼吸をして、残る疑問を払拭し、ドアに向かって歩きました。

彼女が廊下に出ると、角を曲がったところから家庭教師が現れた。彼女は心配そうに待っていたが、すぐに彼女の顔に心配そうな表情が浮かんだ。

「大丈夫ですか、お嬢様？」女家庭教師はローズマリーをじっと見つめながら尋ねた。

ローズマリーは無理に笑みを浮かべ、自分の中に渦巻く不安を隠した。「はい、大丈夫です。大事な用事があるだけですが、すぐに戻ります。約束します。」

家庭教師は眉をひそめたが、それ以上は何も言わなかった。ローズマリーは、何も変わっていないかのように前に進むために、表面を維持しなければならないことを知っていました。

彼女が家庭教師の横を通り過ぎる前に、廊下の反対側から父親の声が彼女に呼びかけました。　「ローズマリー、こんな夜遅くにどこへ行くの？」彼の口調は暖かかったが、その目には不安の光が宿っていた。

ローズマリーは間髪入れずに彼の方を向いた。「岩の城へ行きます、お父様。私には注意しなければならないことがあります。」

ジェラルドは困惑して眉間にしわを寄せた。「でも、あなたは夜明けから何も食べていませんね、愛しい人。あんなに長いドライブをしたら、きっとお腹が空いているでしょうね。」

「大丈夫ですよ、お父さん」ローズマリーは甘くてメロディアスな声で言いました。「後でボールを取りに戻るよ。私のことは心配しないでください。」彼女は愛情を込めて微笑んだ。その笑顔にはいつもと同じ温かさと魅力があった。それから、優雅なお辞儀をして、彼女は踵を返し、ドアに向かって早足で歩きました。

彼女の父親はしばらく彼女を見つめ、彼の懸念はまだ明白でしたが、それ以上彼女に質問しませんでした。彼は暗黙のうちに娘を信頼しており、彼女が行くことを許可した。

ローズマリーが廊下を通って城の外へ出ようとしたとき、彼女の孤独な旅を心配した父親の部下たちが彼女を追って行こうとしました。しかし、彼女は彼らを止め、その声はしっかりと、しかし優しいものでした。「同行する必要はありません。これは私一人でやらなければなりません。」

彼らはためらったが、最終的には彼女の希望を尊重したが、遠くから見守り続けた。彼らは彼女のスピードには太刀打ちできず、すぐに彼女は見えなくなり、彼らが管理できるよりも速く走っていました。

城の中に戻ると、ジェラルドは窓辺に立って夜を見つめていました。彼の心は混乱し、胸に不安の塊ができた。彼はローズマリーを追うよう人を遣わしたが、彼らは彼女なしで戻ってきた。彼らは馬に乗った彼女についていくことができず、それが彼をひどく悩ませた。

ジェラルドは心の中で、この旅は何かが違うと感じていました。ローズマリーは主張していたように、ただ単にロック城に行くだけではなかった。彼女は何かに向かって走っていた——未知だが、間違いなく緊急性のある何か。

重い心で、彼は彼女の帰りを待つために部下を先にロック城に送りました。彼女が無事に戻ってくるのを待ち、祈る以外に彼にできることはほとんどありませんでした。

第5章: 暗い森の魔女

一方、暗い森の奥深くでは、森の魔女が水晶玉の上にかがんで立ち、目は目の前に現れた像を見つめていました。彼女はくすくすと笑い、その声は遠くの嵐のように木々に響き渡った。

「ああ、私のライバルよ」と、夜通し素早く走るローズマリーを眺めながら、彼女の声には悪意が滴り落ちた。ローズマリーのマントの中で柔らかく光る真珠の箱が彼女の注意を引き、魔女は満面の笑みを浮かべました。

「私の獲物よ」彼女は皮肉を含んだ声でシューシューと叫んだ。 「私を妨害できると思っているのですか？ ウィンクル卿があなたを捜している間、私はあなたを城の間を狂ったように走らせますが、無駄です。」

彼女は残酷に笑い、その声は真下の地面を揺るがすような轟音でした。 「ひとたびその箱が私のものになったら、私は平和の島を統治するでしょう！島の人々は私の奴隷となり、その獣は私のごちそうになります。魔法のような富を持つこの島は私のものになります！」

魔女の笑い声が空気を満たし、まるで森自体が彼女の邪悪な意図に震えているかのように、森の音をかき消しました。

ローズマリーが自分に迫っている危険に気づかずに一人で馬に乗っているのを見ながら、彼女の目は怒りで輝いた。 「あなたは私の足の下にいる虫にすぎません。すぐに私の力の重みで押しつぶされます。」と魔女は嘲笑しました。

彼女は水晶玉に身を寄せ、期待に指を丸めた。すべてが所定の位置に収まっていました。真珠の箱はすぐに彼女のものとなり、それが平和の島を支配するための鍵となります。

ローズマリーが運命に向かって急いでいると、魔女の目は怒りで燃え上がりました。彼女の計画は失敗しないだろう。今回は違います。

第 6 章: 荒野での迷子

ローズマリーは海からわずか数マイル離れたロックキャッスルに向かって森を駆け抜けました。彼女がたどった道は、彼女にとって馴染みのある道でした。それは、森の中心を突き抜け、城へと続く、曲がりくねった古い道でした。車に乗りながら、彼女は森の手つかずの美しさ、そびえ立つ木々、涼しい風に揺れる厚い葉に感嘆せずにはいられませんでした。それは彼女が何度も見た光景だったが、今日はより鮮明に、より生き生きと見えた。それが彼女に与えた自由の感覚は、比較すると単なる檻のように感じられたコーチからの眺めよりもはるかに爽快でした。

しかし、夢想の最中に、彼女は受け取った指示を忘れてしまいました。一瞬の動きが彼女の目に留まりました。それは、滑らかな白いウサギが優雅に小道を飛び跳ねていることでした。彼女は何も考えずに馬を止めさせ、馬を追いかけるという考えで頭がいっぱいになりました。彼女にとって、狩猟は自由の甘美さ、束縛されない喜びを味わう方法であり、彼女に負担をかける王室の義務はありませんでした。

彼女は馬を前に促し、背中から飛び跳ねてウサギを追いかけました。彼女の心臓は興奮で高鳴りました。彼女は常に自分自身を自由な精神、高貴な生まれの制約に影響されない人間だと考えていました。しかし彼女はほとんど知りませんでした。この衝動的な決断がすぐに彼女を危険に導くことになるのです。それは、彼女が想像していたよりもはるかに暗い力によって仕掛けられた罠でした。

追跡はほんの数分間続き、ウサギは茂みの中に飛び込み、彼女の視界から消えました。ローズマリーは息を切らし、一瞬方向感覚を失い、足を止めた。彼女は辺りを見回して、自分の方向を立て直そうとした。彼女が辿ってきた道は今や、うっそうと茂る下草と曲がりくねった蔓によって覆い隠されて、追跡するのが困難になっていた。不思議だったのです。彼女はこれまで城に着くのにこれほど時間がかかったことがありませんでした。かつては見慣れた森も、今では広大で不気味な印象を受けました。

道に迷ってしまったことに気づき、彼女の心は沈みました。彼女は今、岩の城からも海の城からも遠く離れた森の奥深くにいました。日没が近づいており、暗くなる前にどちらの場所にも着くのは無理だと彼女は悟った。どの方向に進むべきか分からず、力なく立ち尽くす彼女を、絶望が襲い始めた。彼女は不安で胸が締め付けられ、泣き始め、導きを求めて、道を示す何かのしるしを求めて必死に祈りました。

希望を捨てたそのとき、低くゴロゴロという音が彼女の耳に届いた。それは猟犬、つまり猟犬の鳴き声で、刻一刻と近づいてきました。彼女の心臓は喉に飛び込み、パニックが血管を駆け巡りました。猟犬たちはわずか数ヤード離れたところにいたが、彼らのうなり声やうなり声はさらに大きくなった。空腹で凶暴な彼らの顎をカチッと鳴らす音が聞こえた。ローズマリーは恐怖で声を震わせながら、助けを求めて叫びました。

第 7 章: 見知らぬ人の援助

彼女が避けられない事態に備えて目を閉じたとき、猟犬は彼女に迫りそうになっていた。しかし、彼女が恐怖の最初の瞬間を感じたとき、彼女は信じられないという気持ちで目を開けたような何かを聞きました。力強く、穏やかで、威厳のある声が暗闇から聞こえてきました。

「下がってろ！」と声が命令した。

そして、ローズマリーと近づいてくる猟犬の間に、剣を高く掲げた若い男が立っていた。彼は戦士であり、力強く刃を振るうたびに犬の群れに恐怖を与えました。猟犬たちは獰猛ではあるが、彼の力の前に身を縮めた。彼らは突進しようとしたが、彼は素早く正確な動きでそれぞれを迎え撃った。

「帰れ、獣ども！」彼が叫び、最後の剣の一撃で猟犬の群れは逃げ出し、森の中に後退した。

ローズマリーは目を大きく見開いて震えながら、若い男が驚くべき技術で猟犬を追い出すのを畏敬の念を持って見守った。差し迫った危険がもうないことを悟ると、彼女の体の緊張はゆっくりと緩み始めました。彼女は安堵のため息をつき、一歩前に進み、その声には感謝の気持ちがあふれていました。

「ありがとう」と彼女は声を張り上げながら静かに言った。「あなたが来なかったらどうなっていたか分かりません。」

青年は彼女に向き直り、その顔は優しかったが、静かな強さを感じさせた。彼は彼女に、このような状況にもかかわらず安心させてくれそうな優しい笑みを浮かべた。

「何でもないよ」と彼は控えめに答えた。「あなたの叫び声を聞いて、傍観することができませんでした。もう安全です。」

ローズマリーは彼に対して奇妙な感嘆の念を抱いた。彼は彼女が今まで見たどの男性とも違っていた。背が高く、肩幅が広く、戦闘の訓練を受けた人のような風貌をしていた。しかし、彼の目には柔らかさがあり、戦士の外見とは裏腹に優しさがあった。彼は一言で言えばハンサムで、彼女がこれまで出会ったどの貴族よりもはるかに美しかった。

「私はフェルディナンドです」と彼は自己紹介し、その声は温かく誠実だった。「私は子羊を追って来たのですが、あなたが助けを求めているのを聞いて、あなたを一人で猟犬と対峙させるわけにはいきませんでした。」

ローズマリーは、その出会いにまだ呆然としており、驚いて瞬きした。「フェルディナンド？私はローズマリーです」声を安定させながら彼女は言った。「私は...ウサギを追いかけて道に迷ってしまいました。そして猟犬が...彼らが私を追いかけてきました。誰も助けに来るとは思いもしませんでした。」

彼女を見つめるフェルディナンドの目は同情心に和んだ。「来た時に来れてよかった」と彼は言った。「神様が私をここに遣わしたのには理由があるようです。」

ローズマリーは感謝の気持ちで胸が膨らみながらうなずいた。「きっと神の介入だったに違いない」と彼女はささやいた。

フェルディナンドは再び微笑み、彼の視線は必要以上にしばらく彼女に留まった。「夜の森に誰も一人でいてはいけない」と彼は言った。「帰り道を見つけるのを手伝ってあげましょう。」

二人は一緒に村の方向へ歩き始めた。旅は静かで、彼らの足音と時折木々がそよぐ音だけが聞こえた。ローズマリーは彼の存在に奇妙な安心感を覚えた。彼には何か心強いものがあり、状況にもかかわらず彼女を安心させてくれた。彼女は自分が何度も彼を見つめ、彼の強くて優しい態度に感嘆していることに気づきました。

歩きながら、小さな池の横を通りましたが、その水は薄れていく日の光の下できらめいていました。表面には鮮やかなスイレンが点在し、その花びらは鮮やかなピンク色でした。ローズマリーはその光景に魅了されて足を止めた。

「見てください」と彼女はユリを指差して言った。「とても美しいですね。」

フェルディナンドは池を眺め、そして彼女のほうを振り返った。「何か欲しいですか？」彼は眉をひそめながら尋ねた。

ローズマリーは熱心にうなずいた。「いくつか食べたいです。」

しかし、水に向かって進むにつれて、ユリに到達するには浅瀬を歩いて行かなければならないことが明らかになりました。フェルディナンドはいつも紳士でしたが、すぐに子羊を置き、彼女を止めようと動きました。

「いや、お嬢さん」彼は笑いながら言った。　　　「私が買ってきますよ。」

ローズマリーは彼の優しさに感動して微笑んだ。「あなたは優しすぎるのよ、フェルディナンド」彼女は優しく言った。「でも、自分で取りに行けますよ。」

「いいえ」と彼はふざけた声で言い張った。　「私は主張します。足を濡らす必要はありません。」

そう言って、フェルディナンドは池に足を踏み入れ、慎重にユリを集めました。ローズマリーは心をときめかせながら彼を見つめた。彼女はこれまで彼のような人に会ったことがなかったので、一瞬、彼らが何年も前から知り合いであるかのように感じました。

彼がユリを持って戻ってくると、ローズマリーは彼の手からユリを取り上げ、ほんの少しの間、指を彼の体に当てました。二人の目と目が合って、一瞬、周りの世界が消えたように見えました。

「ありがとう」と彼女は言った。その声は柔らかく、しかし温もりに満ちていた。「あなたはとても親切でした。どうやって恩返ししていいのか分かりません。」

フェルディナンドは微笑み、その目には静かな自信が満ちていた。「返済する必要はありません」と彼は簡単に言いました。「お手伝いができて本当にうれしいです。」

二人は一緒に森の中を歩き続け、一歩ごとに二人の絆は深まっていきました。二人とも知りませんでしたが、これはもっと大きな何か、つまり彼らの人生を永遠に変えることになる何かの始まりでした。

第8章 見えない愛の絆

ローズマリーは池の端に近づきすぎたときに足を滑らせ、一瞬にして流され、体は冷たい水の中に突っ込みました。その衝撃はすぐに伝わり、彼女は恐怖のあまり息を呑んで、必死で浮いていた。後ろを歩いていたフェルディナンドが驚くべきスピードで前に突進し、間一髪で彼女の手を掴んだ。彼は彼女を水から引き上げ、素早い動きで彼女を硬い地面に引き戻しました。彼女の頭と手だけが水面上に見えていたが、それだけで彼の心臓が心配で高鳴った。

「私ならあなたに買ってあげたかったのに」とフェルディナンドは安堵と憤りが入り混じった声で言った。「でも、あなたは聞く耳を持ちませんでした。」

ローズマリーは、溺れそうになった経験からまだ心臓が高鳴っていたが、フェルディナンドがどれほど自分を気にかけてくれたかを実感した。彼女は、彼が彼女に手を差し伸べたときの彼の目にパニックを起こしているのを見て、それを見て彼女は圧倒的な感謝の気持ちで満たされました。彼女は命を救ってくれた彼にもう一度感謝の意を表し、声を少し震わせながら話した。

しかしその後、奇妙なことが起こりました。フェルディナンドは立ち止まり、彼らを見回しながら信じられないという表情を顔に浮かべた。「自分の目が信じられない...」と彼は、畏怖と混乱を帯びた声でつぶやいた。

ローズマリーは彼の視線を追い、彼女自身の心臓が高鳴りました。ついさっきまで静かな水だった池は消えていた。その場所には、まるで池がまったく存在しなかったかのように、起伏のある牧草地と低木だけがありました。

"これは何ですか？"フェルディナンドは困惑して眉間にしわを寄せながらささやいた。

ローズマリーもびっくりしました。彼女には何の説明もなかったが、胸に溜まった不安は明白であった。このような奇妙な現象の原因が誰にあるのか、何が原因なのかは彼女にはわかりませんでしたが、彼らが理解をはるかに超えた何かに巻き込まれているのは明らかだったそうです。

「私はあなたを信頼しています」とフェルディナンドは言った、彼の視線は彼女と固定していた。「しかし、これは……これは不気味だ。誰があなたのように親切で罪のない人を傷つけようとするでしょうか？」

ローズマリーは彼の言葉に慰められながらも落ち着かず、深呼吸して自分の話を彼に話し始めました。彼女は自分が何者で、何が彼女を森の中でこの奇妙な出会いに導いたのかを説明した。フェルディナンドは不信と不安が入り混じった表情で熱心に耳を傾けた。彼女が話し終えると、彼は驚いて首を横に振った。

「ジェラルド・エヴァンス卿は、その優しさと名誉で知られています。彼の娘を助けることができて光栄です。そしてもしあなたが許してくれれば、私はあなたを守り続けます。私は立ちます」と彼は思慮深く言った。あなたのこの使命を通してあなたのそばにいてください。」

ローズマリーは彼の言葉に感動し、赤の他人がこれほどの忠誠心と保護を提供してくれるとは信じられませんでした。それはまるで夢のようで、現実とは思えないほど素晴らしいものでした。

「それは私の喜びです」と彼女は答えた、その声はまるで空中に浮かんでいるかのように柔らかく、夢見心地でした。

フェルディナンドは微笑み、彼女の反応に明らかに満足した。そしてローズマリーは久しぶりに、本当に幸せを感じることができました。あたかも運命の絆がすでに彼らの物語を織り始めているかのように見えましたが、二人とも抵抗することはできませんでした。

彼らは森の中を素早く移動し、どこにでも潜んでいるように見える謎と危険を残そうと熱心に考えていました。常に守護者であったフェルディナンドは、野生の花で作られた美しい花輪と、谷の最も見事な花で作られた冠を作りました。彼はローズマリーの髪に花輪を置き、ローズマリーは森全体を明るくするような笑顔で贈り物を受け取りました。

彼らは旅を続け、すぐに村に向かって群れを先導する羊飼いのグループに出会いました。羊飼いたちは、フェルディナンドが美しい若い女性と一緒にいるのを見て、すぐに彼らの愛を讃える歌を歌い始めました。シンプルながらも喜びに満ちたメロディーで、フェルディナンドとローズマリーの気持ちを高揚させるような歌でした。夫婦は手をつないで歩き、どちらも予期していなかったが、今では二人とも切望していた未来への希望に心を明るくしました。

彼らが村に入ると、雰囲気は暖かさとコミュニティのようなものでした。村人たちはフェルディナンドとローズマリーを笑顔で迎え、まるでこの二人の心の結びつきを何年も待ち望んでいたかのような祝賀ムードが漂っていた。羊飼いの歌が村中に響き渡り、その瞬間はさらに魅力的なものになりました。

彼らが農家に着くと、フェルディナンドの姪と甥、エドワードとアニーという2人の幼い子供たちが出迎えてくれました。子供たちは元気と興奮に満ちて、大好きなおじに会いたくてフェルディナンドのところへ駆け寄った。ローズマリーは、その日の出来事をまだぼんやりとしながら、子供たちが両手を広げてフェルディナンドを抱きしめるのを優しい笑顔で見守った。

フェルディナンドは弟のオズワルドとその妻に何が起こったのかを説明するよう頼んだ。彼は、ローズマリーを脅かしている危険と、森の中で彼女を発見し、猟犬から救った方法について話しました。彼は池の謎の消失と奇妙な力が働いていることについて語った。オズワルドと彼の妻はローズマリーに会えて喜び、彼女を両手を広げて家に迎え入れました。

「いつもありがとう」とローズマリーは感謝の気持ちでいっぱいでした。　「あなたなしではどうやって乗り越えられたか分かりません。」

フェルディナンドはいつも謙虚で、感謝の気持ちをわきに振りました。　「何もありませんでした」と彼は温かい笑みを浮かべて言った。「しかし、私はあなたの父親にあなたを守ると約束しました。そして私はその通りにするつもりです。」

フェルディナンドは最後の安堵の表情を浮かべて家族に別れを告げ、娘が無事で元気であることをエヴァンス夫妻に知らせようと決心して海の城に向けて出発した。旅は長かったが、ローズマリーが家族とともにいることを知って、彼の心は軽くなった。

一方、海の城に戻ったジェラルド卿とレディ・エヴァンスは絶望のどん底にいた。祝賀のはずだった舞踏会は、不安と苦悩の夜に変わってしまった。サー・ジェラルドは不安を抑えることができず、娘の失踪によってあらゆる考えが奪われてしまった。彼はホールを歩き回り、彼女に何が起こったのかという可能性を頭の中で巡らせた。

「彼女はお城にいたに違いない」とエヴァンス夫人は夫を慰めようとして言った。「彼女はおそらく長いドライブで疲れているだけでしょう。」

しかし心の奥底では、何かがひどく間違っていると彼女は気づいていました。家庭教師もまた、不安でいっぱいだったが、不安がさらに大きくなるのを恐れて、疑惑を内に秘めていた。彼女は、ローズマリーを投げ飛ばしたのは野生の馬ではないかと声に出して考えましたが、家族をこれ以上苦しめたくなかったので、その考えは隠していました。

夜が更けるにつれて、サー・ジェラルドはますます落ち着かなくなった。娘の安全についての考えが彼を悩ませ、平安も慰めもありませんでした。彼は彼女を捜索するために人を派遣したが、彼らは空手で戻ってきた。ロック城の家政婦はローズマリーを見たことを否定し、混乱は深まるばかりだった。

何時間も続いて、それぞれの瞬間が最後の時間よりも長く感じられました。ジェラルド卿は、娘が野生動物に襲われたり、見知らぬ人に誘拐されたり、あるいはそれ以上の危険にさらされるという悪夢をよく見ていました。彼は胸に溜まった恐怖感を振り払うことができず、全く眠れなくなった。

レディ・エヴァンスも緊張していた。彼女は娘の心配で頭がいっぱいになり、ローズマリーの無事な帰還を祈りながら夜を過ごした。家庭教師も彼女に加わり、愛するローズマリーがすぐに帰ってくることを望みながら祈りました。

第9章: 安らぎの場所

ローズマリーは、フェルディナンド一家の質素な農家で感じたような温かさと安全感を経験したことがありませんでした。雰囲気はシンプルでしたが、これまでの王城の冷たくて堂々とした壁よりも、まるで我が家のように感じられました。彼女を癒してくれたのは、身体的な安らぎだけではなく、周囲の人々から受けた優しさと心からの気遣いでした。その夜、ローズマリーはフェルディナンドの家族と質素だがおいしい食事を分け合い、一口一口味わいました。それは彼女の城での贅沢なごちそうからは程遠いものでしたが、王室の贅沢では決して得られない方法で彼女の心を満たしました。

ここの質素な農家で、彼女は解放されたと感じた。振る舞い方についての厳格なルールはなく、礼儀作法を期待することも、背筋を伸ばして座ったり、慎重に測定した口調で話す必要もありませんでした。代わりに、彼女はリラックスして自分自身でいられるようになりました。見栄や強制的な優雅さは必要ありませんでした。彼女には他の女性と同じように、笑って、食べて、会話する自由がありました。

彼女の命を救ってくれた青年フェルディナンドは、彼女が想像していた徳のある男そのものだった。 24歳の彼はすでに、その勇気、魅力、知性で知られ、賞賛の的となっていた。その姿は、見た目だけでなく心も輝く鎧をまとった騎士そのものだった。彼は優れた教養を持ち、ラテン語、ギリシャ語、フランス語、英語に堪能でした。彼は優雅さと謙虚さを持って行動し、それが彼を知るすべての人に愛されました。

フェルディナンドもまた、苦難に見舞われた人物であった。両親を亡くした後、兄のオズワルド夫妻に実の子のように可愛がられて育てられた。フェルディナンドと彼の養家族との間の絆は、愛と相互尊重でした。彼が優しさと寛大さの本当の意味を彼らから学んでいることは明らかで、ローズマリーの目には彼がさらに望ましいものとなっていました。

ローズマリーは彼女のために特別に用意された柔らかいベッドに横たわりながら、農家での質素な生活を思い出しました。　「私が知っていた人生からかけ離れた人生でこれほど幸せを見つけるなんて、なんて奇妙だろう」と彼女は思った。王室の淑女としての彼女の人生は贅沢に満ちていたが、同時に制約も多かった。ここでは、農家の暖かさの中で、彼女は自由に呼吸することができました。初めて、彼女は看板ではなく、本物の人間であると感じました。

部屋は静かな夜の静かな音と時折たき火のパチパチという音以外は静かでした。ローズマリーは、自分が受けた保護に対する感謝の気持ちで目を閉じました。彼女は、自分をこの場所に導いてくださったこと、命を救ってくれたこと、そして親切を示してくれた家族のもとに連れてきてくれたことを神に感謝しました。彼女の考えはフェルディナンドに向けられた。彼のことを考えれば考えるほど、彼女にとって彼がどれほど大切な存在であるかが分かりました。彼女は、疑いもなく、彼の前にいるときほど生きていると感じたことはなかったとわかっていました。

彼女の心は愛、感謝、希望の思いでいっぱいになり、さまよった。眠りに就きながら、彼女は心を開いてくれた親切な家族の幸福を祈りをささやきました。夢の中で彼女はフェルディナンドの顔、彼の優しい目、優しい笑顔を見て、圧倒的な安らぎの感覚が彼女の中に押し寄せるのを感じた。

第10章: 一縷の希望

フェルディナンドがついに海の城に到着したとき、空高くに月が昇っていて、待望のローズマリーの無事の知らせがもたらされました。彼が大広間に足を踏み入れたのは11時過ぎで、城内の雰囲気は不安で重かった。ジェラルド卿とエヴァンス夫人は一晩中緊張していて、時間が経つにつれて不安が大きくなっていきました。しかし、娘が無事だったと聞いた瞬間、彼らの顔は安堵で輝いた。

フェルディナンドさんは、ローズマリーがどのようにして猟犬の群れから救出され、今は家族の快適な農家で回復しているのかを説明した。彼はまた、彼女が疲れていて衰弱していたので、その夜は帰ることができなかったが、翌日には帰宅するとのメッセージも伝えた。

ジェラルド卿とエヴァンス夫人はその知らせを聞いて大喜びしました。彼らは娘の無事な帰還を祈っていましたが、その祈りは聞き届けられました。家庭教師も、自分のことのように世話していた若い女性が危害を免れたことに感謝の気持ちで涙を流した。

ジェラルド卿は感謝の気持ちを込めて、貴重な宝石で装飾された素晴らしい剣をフェルディナンドに贈りました。それは彼の勇気と娘を守った崇高な方法に対する感謝の印でした。フェルディナンドは常に謙虚で、感謝の気持ちを持って贈り物を受け取りました。ジェラルド卿は、フェルディナンドがオズワルドの兄弟であり、村で優しさと寛大さで知られていたオズワルドと同じであることを知って喜んだ。オズワルドはその地域で最も裕福な地主でもあり、そのような男の兄弟がローズマリーを救ったのだと知ってサー・ジェラルドは喜んだ。

エヴァンス一家はフェルディナンドに一晩泊まること
を主張し、断り切れない食事ともてなしを提供した。
テーブルに座り、温かい食事と仲間との時間を楽し
みながら、フェルディナンドは深い平安を感じた。過
去数日間の混乱にもかかわらず、ローズマリーの家
族が感謝と優しさを持っていたことは明らかで、ロー
ズマリーは彼らと一緒にいられて幸運だと感じていま
した。

その夜、サー・ジェラルドは娘の帰還を祝う盛大な晩
餐会を主催する計画を立てた。もちろん、フェルディ
ナンドは主賓となり、彼の騎士道的な行動と、愛する
ローズマリーを救う上で果たした役割が称賛されるこ
とになる。しかし、フェルディナンドはローズマリーの
秘密の使命を知って心が重く、自分の考えに耽って
いた。

彼は彼女を守ると約束していましたが、平和の島へ
の彼女の旅には危険が伴うことを知っていました。彼
女の使命をめぐる謎は、それを知って以来ずっと彼
を悩ませていた。それは彼女を未知の世界へ導く不
可能な仕事のように思えた。しかし、彼の懸念にもか
かわらず、フェルディナンドは毅然とした態度をとりま
した。彼はどんな状況でも彼女の側に立ち、保護と
サポートを提供しました。彼女の使命がどれほど奇
妙で危険に見えても、彼はそれをやり遂げる決意を
していました。

夜が更け、フェルディナンドに休息場所を提供され
たとき、これは自分の勇気とローズマリーへの愛の両
方が試される、もっと大きな冒険の始まりに過ぎない
という感覚を払拭できなかった。しかし、どんな困難
が待ち受けていても、彼はそれらに立ち向かう準備
ができていることを知っていました。ローズマリーの場
合、彼はどこにでも行き、何でもします。彼は彼女と

交わした約束だけでなく、彼らが分かち合った深く否定できない絆によって彼女と結ばれていたのです。

海の城での夜は複雑な感情が入り混じったものだった。エヴァンス一家が娘の帰還を喜ぶ一方、フェルディナンドはこれから始まる未知の旅に悩みながら目を覚まして横たわっていた。ローズマリーの使命は、謎に包まれているものの、彼の思考の中心となっていました。彼は一度彼女を救ったことがあるが、彼女の道が容易なものではないことを知っていた。それでも、どんな困難が待っていても、彼はそれに立ち向かう決意をしていました。なぜなら、彼は知り合ってから短期間で何か深いことに気づいたからです。彼はローズマリーを愛しており、彼女の安全と幸福を確保するためなら何でもするつもりでした。

第11章: 魅惑のメロディー

ローズマリーは壮大な庭園の中心に立っており、その美しさはまるで別世界のような場所でした。そこは、想像できるあらゆる色や形のエキゾチックな花が咲き乱れる、他に類を見ない庭園でした。空気には花の香りが漂い、花そのものが夜明けの光を受けて輝いているように見えました。太陽が空に昇ると、露のしずくが花びらの上で輝き、風景全体に金色の色合いを投げかけました。鳥のさえずりが空気に満ち、その歌がその場所の魅力をさらに高めました。それは静けさと調和のとれた風景であり、時間自体が遅くなったように感じられました。

ローズマリーは庭を歩きながら、その瞬間の美しさを感じながら、心をさまよっていました。「ここは地球上で最も美しい場所の一つに違いない」と彼女は思い、畏怖の念で胸が膨らみました。庭園は色と音で生き生きとしており、隅々まで以前よりも魔法のようでした。しかし、彼女を取り巻く美しさにもかかわらず、彼女の考えはただ一つ、フェルディナンドに固定されていました。彼女は彼がすぐに到着して、一緒に始めた旅を続けることを期待して、心配そうに彼を待っていました。

歩きながら、彼女の注意は遠くで聞こえるヒバリのさえずりに引き寄せられました。甘いメロディーは彼女の気持ちを高揚させるようで、気付けば一緒にロずさんでいた。柔らかくメロディックな彼女の声はすぐに鳥のさえずりに加わり、その魅惑的な音で空気を満たしました。気づけば彼女は庭園の中央にある静かな池のほとりに座っており、その周りには水面を優雅に滑空する白鳥がいた。池は青々とした花々に囲まれ、その色は朝の空のように鮮やかでした。ローズマリーはその瞬間の美しさに迷って歌い始めました。

「あなたの目を見させてください、
私が生きている間は、
振り返ってみますと、
記憶が消える前に。
あなたの腕を掴ませてください、
そして魅力的に歩き回ってください…」

まるでこの瞬間のためにこの曲が書かれたかのよう
に、彼女の声は伸びやかでした。鳥たちも、若い女
性の旋律的な声に魅了されて、立ち止まって耳を傾
けているようでした。自然の音で生き生きとした庭園
には、ローズマリーの歌の忘れられない美しさが響き
渡りました。彼女はフェルディナンドの到着を待ちな
がら、心は恋しさでいっぱいで一日中歌いました。し
かし、太陽が沈み始め、庭に長い影を落とし始める
と、彼女は不安を感じ始めた。夕方の空は深みのあ
るオレンジ色に染まりましたが、それでも彼の姿はあ
りませんでした。

暗くなり、上空で星が輝き始めると、ローズマリーは
自分の部屋に戻りましたが、眠りは来ませんでした。
彼女は寝返りを打ちながら、フェルディナンドの不在
の謎に思いを馳せた。休むことができず、彼女は
ベッドから起き上がり、月明かりに照らされた空を眺
めながら窓へ向かいました。彼女はまた考えをさまよ
わせ、気が付くとまた歌い始めていた。

「あなたの顔を見せてください、
目が覚める前に、
私の夢を生きさせてください、
月明かりの空が待っています。
ああ、あなたの腕を掴ませてください、
夢を諦める前に…」

柔らかく心に残る彼女の声は、風のささやきと混ざり合い、静かな夜の空気を伝えているようでした。しかし、歌っているうちに、まるでその言葉自体が自分のものではないかのような、奇妙な感覚が彼女を襲いました。彼女は、自分がもう歌をコントロールできないことに突然気づき、立ち止まりました。まるで別の世界から詩がやって来て、彼女がまだ理解できないことについて語っているかのように感じました。ローズマリーははっとしてベッドから飛び起き、夢のような状態が彼女の周囲を打ち砕いた。そのとき、彼女はそれがすべて夢だった、おそらく幻だったかもしれないが、現実ではなかったことに気づきました。

夜が明け始め、最初の光が部屋に差し込むと、ローズマリーはすっかり目が覚めていることに気づきました。彼女はこれ以上眠りたいとは思わなかったが、心はまだ奇妙な歌と夢で見たフェルディナンドの姿でいっぱいだった。彼女が部屋から出ると、家はすでに忙しく、何も変わっていないかのように全員が起きて動き回っていることに気づき、彼女は驚きました。いつもと同じ朝でしたが、ローズマリーにとってはすべてが違ったように感じられました。その夢は、まるで現実と空想の間のギャップを何とか埋めてくれたかのように、今でも彼女の心の中に残り、何か重要なことが起ころうとしているという感覚を振り払うことができなかった。

第12章: 嬉しい再会

その朝、オズワルド夫人が真っ先にローズマリーに挨拶し、明日の準備を手伝ってほしいと申し出ました。彼女はローズマリーに、特別な日のために保管していた美しいドレスを手渡しました。このガウンは、まるで庭園のエッセンスが生地に織り込まれているかのような、複雑な花柄で飾られた傑作でした。ローズマリーはドレスを着込み、自分の反射を見つめたとき、それが自分をどれほど美しく感じさせるかに驚きました。ドレスは彼女に完璧にフィットし、彼女の自然な優雅さと美しさを強調しました。それはお姫様にふさわしい衣装で、彼女もこれを着るとプリンセスになった気分にならずにはいられませんでした。

ローズマリーが外に出たとき、フェルディナンドが馬に乗って農家に向かっているのが見えました。彼は王族の優雅さで馬の上に腰掛け、どこから見ても貴族に見えました。彼の存在は威圧的でしたが、彼にはさらに魅力的な温かさがありました。彼の後ろには、エヴァンス一家が部下たちを伴った立派な馬車で続いた。この行列は非常に重要な行事の一つであり、サー・ジェラルドとレディ・エヴァンスがオズワルドとその家族から受けたもてなしと保護に感謝の意を表しに来たのは明らかでした。

馬車が農家に到着すると、オズワルド夫妻はジェラルド卿とエヴァンス夫人を最大限の敬意をもって迎え、両手を広げて歓迎した。子どもたちもゲストに美しい花束を贈呈し、エヴァンス一家は笑顔と愛情をもって花束を受け取りました。再会は心温まるもので、ローズマリーが父親と継母を抱きしめたとき、感情は高揚した。喜びと安堵の涙が流れ、永遠のように感じられた時間の中で、ローズマリーは初めて自分を包む家族の愛の温かさを感じました。

彼女の継母であるレディ・エヴァンスは、愛と優しさに満ちたローズマリーを抱きしめました。それはローズマリーが待ち望んでいた深いつながりの瞬間でした。彼女はレディ・エヴァンスが自分を愛していることをずっと知っていましたが、今ではこれまで以上に、あらゆる接触、あらゆる言葉でそれを感じることができました。二人の間には絆があり、ローズマリーは受けた愛と配慮に感謝していました。

オズワルド夫妻の優しさに感動したジェラルド卿は、深い感謝の意を表した。彼は娘を守ってくれたことに感謝し、夜の盛大な宴会に家族を招待した。それはローズマリーの無事な帰還だけでなく、フェルディナンドとその家族が示してくれた優しさと寛大さを祝うものでもあった。ジェラルド卿はフェルディナンドの勇気を称賛するよう主張し、オズワルドとその家族が招待を受け入れたとき彼は喜んだ。

再会は喜びと笑いに満ち、日が暮れるにつれ、ジェラルド卿と彼の一行は海の城への出発の準備をした。オズワルドと彼の妻は晩餐会の計画を立て、コーチが遠くに消えていくのを眺めていた。子どもたちは未来への希望を胸に、手を振り別れを告げた。フェルディナンドもまた、視界から消えていくコーチを見つめながら、黙って立っていた。それは彼にとって熟考の瞬間であり、家族とともにそこに立っていましたが、彼の考えはこれから先にあるものに夢中でした。彼らが始めた旅はまだ終わりではなく、これからの道は課題と勝利の両方で満たされることが約束されていました。しかし今のところ、彼はローズマリーが無事で、彼女を愛する人たちに囲まれているという事実に慰めを得ることができた。

太陽が地平線に沈むと、その日の出来事が夢のように感じられ、ローズマリーはいつもその夢を持ち続けていました。それは新たな始まりであり、将来がどうなろうとも、彼女は自分が本当に所属する場所を見つけたと確信していました。

第13章: 友人の警告

ローズマリーは太陽の光が降り注ぐギャラリーで、フェルディナンドの肖像を細部まで捉えながら繊細に絵を描きました。彼女の筆はキャンバス上を滑り、あたかも彼が彼女の目の前に立っているかのように、彼の特徴に命を吹き込みました。絵はほぼ完成し、見慣れた顔が現れました。彼女の親友であるレノア・ウィンクルが予告なく到着していました。その光景を見てローズマリーの心は高揚し、二人は抱き合い、数週間離れていた二人の友情が再燃した。

しかし、レノアはよそよそしいようで、いつもは明るい態度が心配そうな雰囲気で薄暗くなっていました。ローズマリーはすぐに変化を感じ、喜びと不安が入り混じりました。最後に、レノアは不安を帯びた声で話した。

「ローズマリー」とレノアが真剣な口調で話し始めた。「あなたに言わなければならないことがあります。暗い森の魔女と私の父の取引について、憂慮すべきことを聞いたのです。彼は何か貴重なものについて話し合っています。真珠の箱、それはあなたのものです。彼はそれが危険である可能性があると信じています」魔女が何か大胆な手段を講じる前に、それをあなたから奪おうとしているようです。どうやら、それなしでは彼女は平和の島にアクセスできないようです。さらに悪いことに、魔女はそれを手に入れるためにあなたに危害を加えるかもしれないと心配しています。」

レノアは立ち止まり、考えをまとめた。「そして、それだけではありません。あなたを彼女から守る男、『選ばれし者』についての話があります。彼の前では彼女の力が弱まり、彼女はあなたに触れることはできません。あなたの安全のために、お願いだから手を離してください」真珠の箱の。」

ローズマリーは柔らかく、信じられないような笑いを漏らした。彼女はレノアを安心させ、「選ばれた者」の重要性を説明し、ほぼ完成した絵を華やかに披露した。「これが彼です、レノア」彼女はフェルディナンドの肖像画を見せながら言った。　　「彼こそがその人だ。」

フェルディナンドの描かれた肖像を見たレノアの顔には安堵と喜びが広がった。彼女はローズマリーを祝福し、彼女の幸せは本物であり、彼女の友人のことを思い続け、祈り続けることを約束しました。二人は午後の残りの時間を話したり思い出を語り合ったりして過ごし、レノアの父親であるグレイ・ウィンクル卿が不可解にも二人を引き離していた後、再会するこの機会に感謝した。

第14章 海の城での祝賀会

海の城は貴族たちのおしゃべりで活気に満ちていました。大宴会場は何百ものろうそくの光で輝き、ローズマリーを守るためにすべてを賭けた若者、フェルディナンドに会いたがっている顔を照らしていました。ゲストの中で、グレイ・ウィンクル卿が最も緊張しているようで、その視線は何かまたは誰かを待っているかのように絶えず変化していました。

ローズマリーは優雅に入場し、彼女のドレスが光の中できらめき、まるでこの世のものとは思えないほどに見えました。彼女の継母であるレディ・エヴァンスが彼女を部屋に案内した。彼らが群衆の中を移動すると、ローズマリーの美しさと優雅さに魅了され、頭が振り向き、目でローズマリーを追いました。

それからドアが開き、フェルディナンドと彼の家族が現れました。フェルディナンドは完璧な服装をしており、彼の自然な魅力と落ち着きが彼をどこから見ても英雄であるかのように見せました。ローズマリーの父親であるサー・ジェラルド・エヴァンスは彼らを温かく迎え、フェルディナンドとその家族に対する彼の感謝の気持ちは明らかでした。グレイ・ウィンクル卿は他の多くの人々とともに感嘆の目で見守った。

その夜は笑い、音楽、そして共有された話で満たされました。ローズマリーはフェルディナンドを友人たち、特にレノアに紹介した。彼女の友人にとってとても大切な男にようやく会えたとき、フェルディナンドの顔は明るくなった。ローズマリーがフェルディナンドを他の人に紹介するのを、彼女は静かな満足感をもって見つめ、その目には言葉にならない幸福が輝いていた。

結局、ローズマリーはフェルディナンドをギャラリーに連れて行き、自分が描いたフェルディナンドの絵を見せたいと熱望した。肖像画の前に立ったフェルディナンドは驚いた。「あなたは私をとても上手に捉えました」と彼は彼女の才能に驚嘆した。「まるで私の顔だけでなく、精神まで描いてくれたかのようです。」

ローズマリーの喜びは、レノアが以前に打ち明けた内容の深刻さによってのみ和らげられました。彼女は友人の警告と魔女の悪意の噂について詳しく語った。二人は一緒に庭に出たが、そこでは夜の美しさと不確実性が二人を覆っているように思えた。

彼らが神秘的な真珠の箱について話し合い、何をすべきかを考えていたとき、予期せぬ騒動が空気を満たしました。雷鳴がとどろき、稲妻が空に筋を走らせ、庭に不気味な影を落としました。すると、どこからともなく、どこからともなく同時に聞こえてくるかのように、柔らかく旋律的な声が空中に響き渡りました。

「ローズマリー、選ばれし者よ」と声がした。「お父さんに、家庭教師のローラとフェルディナンドを保護者として連れて旅に出なければならないと伝えてください。ビーチへ行きましょう。人里離れた入り江でボートがあなたを待っています。海流を信じてください。海流があなたを安全に導いてくれるでしょう」平和の島へ、フェルディナンドはあなたの旅が終わるまであなたのそばにいてください、彼はあなたの守護者以上の存在になる運命にあるのですから、あなたに幸運が微笑みかけますように。」

声は消え、ローズマリーとフェルディナンドは呆然と立ち尽くした。メッセージの重要性は明らかでしたが、それでも彼らの使命をめぐる謎は深まるばかりでした。しばらくして、彼らは視線を交わし、すぐに行動しなければならないことに黙って同意した。

彼らは急いで城に戻り、そこでローズマリーは父親を探しました。

第15章: 未知への旅

ローズマリーは、父親であるジェラルド・エヴァンス卿に、心に重くのしかかる依頼を持ちかけました。彼女は、彼女を待ち望んでいた近くの島の人々の福祉のための使命である旅に出る許可を求めた。彼女の父親は注意深く耳を傾け、その表情には誇りと不安が入り混じっていた。彼は彼女を手放すのを躊躇し、躊躇したが、ローズマリーがフェルディナンドが側にいると言うと、しぶしぶながらも態度を和らげ、許可を与えた。

ジェラルド卿は、エヴァンス夫人とオズワルド一家とともに、ローズマリー、フェルディナンド、家庭教師のローラとともに、小さなボートが待っている人里離れた小川まで行きました。厳粛な雰囲気に包まれながら一行の出発を見守った。サー・ジェラルドとレディ・エヴァンスは岸辺に留まり、海に流れていくボートを、水平線にほんの一点になるまで目で追っていた。

彼らには知られていないが、グレイ・ウィンクル卿には独自の計画があった。影から見守りながら、彼は急いで別のボートに向かい、邪悪な意図を持って隠されたヨットに急いだ。暗い森の魔女は、ローズマリーが持っていた不思議な真珠の箱を持ってきてくれたら、かなりの報酬をくれると約束していました。これを達成するために、彼はローズマリーをだましてその箱が呪われていて危険であると信じ込ませる計画を立てました。彼の部下たちはヨットをグループのボートに向けて操縦したが、自然には別の計画があった。突然激しい嵐が起こり、ヨットは港に向かって押し戻されました。挫折し敗北したグレイ卿は追跡を放棄し、失敗を告白するために魔女の隠れ家に向かって森を抜けました。彼はほとんど知りませんでしたが、魔女は魔法の地球を通して彼のあらゆる動きを監視していました。

その間、ローズマリーとその仲間たちは、グレイ卿の追跡を妨げた嵐に気づかず、邪魔されることなく航行しました。彼らの周りの海は穏やかで、まるで見えざる手によって彼らを平和に導いてくれました。　1時間もしないうちに彼らは島の海岸に到着した。ボートから降りると、彼らは岩とそびえ立つ木々に囲まれており、人の生命の痕跡はすぐにはありませんでした。文明の痕跡を見つけようと決意した彼らは、島の鬱蒼とした森の奥深くへと足を踏み入れました。

彼らの平和な探検は、遠くの獣の咆哮によってすぐに中断され、その音は木々に響き渡り、ローズマリーに悪寒をもたらしました。彼女は怖くなって周囲を見回し、最初の直感はボートに戻ることでした。しかし、彼らが小川に戻ったとき、ボートは消えており、彼らは立ち往生しました。これは闇の意図を持った誰かが仕掛けた罠ではないかと、彼らの心に恐怖が忍び寄った。

しかし、フェルディナンドはひるまなかった。彼は剣を抜き、構えを整え、迫りくるかもしれないあらゆる脅威に備えた。ローズマリーは真珠の箱をしっかりと握り締め、指の関節を青ざめてフェルディナンドの無事を静かに祈った。彼は静かな決意を持って前進し、彼らを海岸から遠ざけ、野生動物の鳴き声に近づきました。彼は慎重に進み、ローズマリーとローラは恐怖で顔が青ざめながらも彼の保護を信頼してそのすぐ後ろを追った。

彼らが進んでいく間も、フェルディナンドの感覚は鋭く、あらゆる危険から仲間を守る準備ができていた。一歩ごとに彼らは未知の世界へと深く入り込みましたが、フェルディナンドの勇気は、ローズマリーの心を不安で高鳴らせながらも、冷静さを保つよう促しました。

第16章: 影の陰謀

太陽が地平線に沈み、大地に長い影を落とす中、グレイ・ウィンクル卿はついに森の奥深くに隠された魔女の洞窟に到着しました。洞窟は不気味で不自然なエネルギーを発していたが、グレイ卿は恐怖を飲み込み、彼女の怒りに立ち向かう覚悟を決めて中に入った。

魔女は皮肉を込めた声で冷笑して彼を迎えました。「ようこそ、臆病者の王よ」と彼女は嘲笑し、目を軽蔑で輝かせた。

グレイ卿は計画を妨げた嵐について説明しようと口を開いたが、魔女は猛烈な咆哮で彼の言葉を遮った。「私をバカだと思うの？」彼女は言いました。「全部見たよ。あなたの哀れな努力は恥ずべきものでした。たとえそれがローズマリーの命を奪うことを意味しても、箱を回収するよう私が命じたのに、あなたはただの嵐にそれを止めさせたのです！」

「でも」と彼は恐怖に震えた声で口ごもった、「彼女は私にとって娘のようなものです。彼女を傷つけることはできなかった。」

魔女の目は怒りで燃え上がり、彼に向かって進みました。「弱さについて私に話すな、この惨めな虫め！」彼女は唾を吐きました。「あなたを塵に変える前に、私の目を離してください！」

彼女の言葉はナイフのように空気を切り裂き、グレイ卿は恐怖で顔を青ざめて後ずさりした。敗北し屈辱を感じた彼は、肩を落として洞窟から退却した。海の城に戻る途中、後悔が彼の心を蝕んだ。初めて、彼はローズマリーとフェルディナンドの安全を静かに祈

り、彼らが魔女の闇の力の手の届かないところに留
まってくれることを願いました。

第 17 章: 魅惑的な発見

フェルディナンド、ローズマリー、ローラは茂みの分厚い壁から慎重に覗き込み、目の前に広がった光景に息をのんだ。静かな池のほとりでは、ライオンが羊の横でくつろぎ、牛が馬と交わり、ワニさえも岸辺で穏やかに日向ぼっこをして、静かな集まりを観察していました。天敵だった動物たちが、想像を超える調和でここに一つになっているように見えた。

「もしかしてここは天国？」ローズマリーは畏怖の念に目を丸くしてささやきました。

「これは驚くべきことだ」とフェルディナンドは同様に魅了されて答えた。「こんな場所があるとは夢にも思わなかった。」

その瞬間、ローズマリーが物語の中でしか話していなかった神秘的な生き物である雄大なタツノオトシゴが、喜び勇んで彼女に向かって突進してきました。彼女は息を呑み、子供の頃の物語に出てくるその生き物を認識し、その光景に深く感動したフェルディナンドと興奮を共有した。

しかし、驚きはそれだけではありませんでした。タツノオトシゴは彼らの前で立ち止まり、立ち上がって、命令的な声でこう宣言しました。「真珠箱の力で牡蠣の女王の約束を果たさせてください。」

突然、ローズマリーの手の中の真珠の箱が震え始めました。驚いた彼女は思わずそれを空中に放り投げた。箱は飛行中に粉々になり、輝く真珠が四方八方に飛び散った。雷鳴のような音が空に響き渡り、稲妻が天を横切り、強烈な光が島を包み込み、彼らは目を閉じざるを得ませんでした。

彼らが目を開けると、島は静寂に包まれました。彼らは自分たちが真珠の海に囲まれていることに気づきました。真珠は地面がほとんど見えないほど密集して散在していました。そして、あたかも魔法が呼び起こしたかのように、かつては無人だった島は今では人々で賑わっています。これらの島民は素晴らしい真珠の宝石で飾られ、フェルディナンドとローズマリーの前で敬意を持って頭を下げました。夫妻が驚いたことに、今やそれぞれが輝く真珠の冠をかぶっていた。

一方、本土の暗い洞窟では、ローズマリーとフェルディナンドに対して共謀した魔女が魔法の地球儀を見つめていましたが、それが彼女の手の中で粉々に砕けるのを見ただけでした。瞬く間に彼女は溶けて消え、燃え盛る火の中の氷柱のように無力になり、箱の神聖な魔法に打ちのめされました。

フェルディナンド、ローズマリー、ローラは、このこの世のものとは思えない変化にあまりにも唖然とし、言葉を失いました。島の人々は感謝の気持ちでいっぱいで、新しい指導者を讃える王室祝賀会を組織しました。彼らは一行を純白の馬が引く壮大な馬車に導き、島の中心部、そして太陽の光の下で輝いているように見える壮大な宮殿へと運びました。

宮殿に入ると、島の司祭がフェルディナンドとローズマリーに近づきました。彼は、彼らが島に繁栄をもたらす預言された支配者であり、オイスタークイーンの約束を果たしたことを明らかにしました。彼は彼らに結婚して王と女王として島を統治するよう優しく勧めたが、その要求は驚きと驚きの両方を伴った。

その後、3　人の長老が前に出て、世代を超えて語り継がれてきた物語、つまりこの神秘的な島の歴史の鍵を握る 300 年近く前の物語を共有しました。フェルディナンドとローズマリーは、この島とその人々の運命を導いた伝説に魅了されて、熱心に耳を傾けました。

第18章 平和な王国の伝説

最初の長老が話しました。その声は大広間に響き渡りました。「300年前、私たちの島はグッドウィルという名の賢明で高貴な王によって統治されていました。彼は平和的な指導者であり、強さと思いやりの人であり、国民に多大な富と調和をもたらしました。しかし、彼には後継者がおらず、私たちの島の富は部外者の羨望と攻撃に対して脆弱でした。」

長老の目は誇らしげに輝いてこう続けた。「危険にもかかわらず、グッドウィル王は探検が大好きでした。航海のたびに、彼は遠い国から宝物と知識を携えて戻ってきました。そうした旅の途中で、海は不気味なほど穏やかになったが、彼の船は突然、目に見えない力によって揺さぶられた。奇妙な声が空気を満たし、荒々しい轟音の中で救いを求めて叫びました。」

別の長老が物語を続けるために前に出た。「そのとき、巨大なタコが深海から現れました。膨大な数のカキを捕獲し、真珠の生成に関与する生物そのものを荒らしていました。その中には、巨大なタコが彼女の王国を滅ぼす恐れがあるため、助けを懇願するオイスタークイーン自身もいた。」

「女王の叫びが王の心を打ち、王は牡蠣を守ろうと決心した。彼とその乗組員は勇敢に戦い、激しい戦いの末、王はなんとかタコを殺しましたが、タコが致命的な刺し傷を与える前にそうでした。牡蠣の女王は波の中から現れ、その顔は感謝の気持ちでいっぱいでした。」

長老は頭を下げて女王の言葉を語った。「『高貴な王様』と彼女は言いました。『あなたは私の王国を滅びから救ってくださいました。そのおかげで私はあなたの島を祝福します。』今後、あなたの岸に血が流されることはありません。ライオンや他の獣は草を食べ、人間の中で平和に暮らすでしょう。あなたの国の人々は正直であり、どんな些細な窃盗も前代未聞でしょう。」

次に二番目の長老は、「オイスタークイーンはグッドウィル王の民に平和と純粋さを祝福しました。彼女は、島が海流と嵐によって敵から守られ、3世紀の間は支配されないままになるだろうと予言しました。そして、時が来ると、タツノオトシゴは選ばれた王子と王女を生み出し、彼らは女王の約束のしるしである真珠の箱を持ちます。この箱は島に繁栄をもたらし、平和の時代をもたらす選ばれた統治者を団結させるでしょう。」

三男は神妙な面持ちで話を引き継いだ。「帰国後、王は国民にこの話を語りました。彼はタコに刺されて病気になり、数ヶ月の苦しみの後に亡くなりました。それ以来、私たちの祖先は預言の成就を待ち、平和と繁栄をもたらすために選ばれた支配者の物語を語り継いできました。」

長老たちが物語を終えると、ローズマリーとフェルディナンドは視線を交わし、この島とその人々とのつながりの深さを理解しました。彼らは司祭の要求に同意してうなずきましたが、条件が1つありました。家族を招待して、喜びの団結を分かち合いたいということです。司祭と民衆は大喜びして、すぐに同意した。彼らもまた、新しい統治者の家族を歓迎したいと思っていたからである。

島民たちは古代の予言の成就に興奮し、喜びました。フェルディナンドとローズマリーを王と女王として、平和の島は希望と調和、そして限りない繁栄に満ちた新しい時代を迎えようとしていた。こうして、真珠と祝福に包まれた島の真ん中で、他に類を見ない

王国、つまり愛、平和、統一が永遠に統治する土地
の舞台が整いました。

王国、つまり愛、平和、統一が永遠に統治する土地
の舞台が整いました。

第19章 喜びの再会とロイヤルウェディング

夜明けの最初の光が地平線から差し込むと、一隻の船が 3 世紀ぶりに島の港を出る準備をしていました。7人の島民が重要な巻物を携えて本土に向かって航海し、サー・ジェラルドとオズワルドにメッセージを届けた。彼らの旅は運命と目的に導かれ、海岸から少し離れたところに朝の光できらめく海の城を見つけて喜びました。

訪問者たちに驚いた城の衛兵たちは、すぐにジェラルド・エヴァンス卿に、最愛の娘ローズマリーからの知らせを持って使者が到着したことを知らせた。ジェラルド卿は訪問者を温かく歓迎し、彼らのメッセージを熱心に受け取りました。巻物を開いて、彼はローズマリーの素晴らしい旅、島の宝物、そして女王としての新たな義務について説明したローズマリーの心のこもった言葉を読みました。ローズマリーは喜びの言葉を込めて、フェルディナンドとの結婚と島の女王としての役割を父親に祝福してほしいと願いました。

メッセージが届けられると、エヴァンス一家と使者たちは2台の立派な馬車に乗ってオズワルドの農家に向かって出発した。オズワルドと彼の妻は、エヴァンス一家が到着するのを見たとき、彼らの顔は明るくなったが、フェルディナンドが一緒にいないことに気づき、失望のヒントがちらつきました。しかし、巻物を読み、フェルディナンドの冒険と島での運命を知ると、彼らの喜びは戻ってきました。使者たちは、船が彼ら全員を待っており、結婚式と戴冠式のために島に運ぶ準備ができていると彼らに保証しました。

ジェラルド卿とオズワルドはすぐに、その夜、家族を伴って島へ向かうことに決めました。 2つのグループはボートに乗り込み、無事に船まで運ばれた。夜になるまでに船は出航し、ローズマリーとフェルディナンドの夢をかなえるために島への旅に出発しました。

翌朝、船が港に近づくと、フェルディナンド、ローズマリー、そして島の人々が集まり、300年以上ぶりに見る訪問者を歓迎しました。島民たちは招待客を宮殿までエスコートするために、花輪や平和の象徴で飾られた2台の豪華な馬車を用意した。ジェラルド卿とレディ・エヴァンスはタツノオトシゴの魔法のような美しさに畏敬の念を抱き、言葉を交わして驚き、彼らの優しさに感謝の気持ちを表しました。

落ち着いた後、神父はエヴァンス一家と他のゲストに結婚式のタイミングについて話し合うよう持ちかけた。フェルディナンドとローズマリーは翌日結婚することが決まった。その後、ゲストは豪華な部屋に案内されました。各部屋は再会と島の新しい時代の始まりを祝うために優雅に準備されていました。

島民たちは一日中ロイヤルウェディングの準備をし、あらゆる取り決めがオイスタークイーンの約束を果たす象徴となった。人々は、自分たちの島で明るい新しい章、つまり愛、平和、繁栄の章が展開していることを感じて喜びました。

第20章: 二つの世界を結びつける結婚式

翌朝、島は期待に包まれていました。地域住民全員が島の古い教会の外に集まり、王室の結婚式を見届けようと熱望していました。ブライダルコーチが近づくと、子供たちの合唱団が楽しいメロディーを歌い、会場は一体感と希望で満たされました。

ローズマリーが出てくると、群衆は畏敬の念を抱いて息を呑んだ。彼女は輝いていて、結婚式の衣装に幻影があり、ベールが朝の光の霧のように後ろに流れ落ちていました。子供たちは歓声と驚きに満ちて、彼女の長い列のベールを運び、魔法の雰囲気をさらに高めました。繊細なチュールを通して、彼女の顔は、柔らかく半透明の雲を通して垣間見える月のように、幸福の暖かさと輝きで輝いていました。

ジェラルド卿は誇らしげに娘を通路までエスコートした。彼らが歩くと穏やかな音楽が流れ、鐘の音が頭上でそっと鳴り響き、新たな始まりへの一歩を踏み出しました。ゲストたちはその瞬間の静謐な美しさに魅了され、感嘆の声を上げながら見守っていました。

祭壇にはフェルディナンドが立っており、花嫁を待っていた。彼の背が高く騎士道的な存在感は強さと高貴さを放ち、穏やかでありながらも毅然とした勇敢な騎士の精神を体現しているかのようでした。ローズマリーが彼に加わると、群衆は、お互いの優雅さと勇気を完璧に反映した、彼らが作り上げた理想的なカップルを驚きの目で見ていました。

島の司祭が儀式を司り、フェルディナンドとローズマリーに結婚の絆だけでなく、国王と王妃の称号も授与した。それは単なる二人の人間ではなく、二つの世界の結合であり、それぞれがもう一方に希望と光をもたらしました。

結婚式の後は、この機会のために美しく装飾された宮殿の壮大な広間で盛大な晩餐会がゲストを待っていました。グッドウィル王とその先任者の肖像画が壁に並び、それぞれが島の崇高な歴史を思い出させます。ジェラルド卿はホールの壮大さに驚嘆し、娘の肖像画が間もなく島の偉大な支配者の肖像画に加わり、新たな遺産の始まりとなることを誇りに思いました。

全員が宴会に落ち着いたとき、司祭は再び平和の島の伝説を語り、その魔法を初めて知ったゲストたちに感動的な話を共有しました。グッドウィル王の勇気と牡蠣の女王から与えられた祝福の物語が部屋を畏敬の念で満たしました。ジェラルド卿は、平和が君臨し紛争が知られていなかったこの国の話を聞き、自分の娘がこのようなユニークで高貴な王国の一員となったことに計り知れない誇りと喜びを感じました。

ジェラルド卿はグラスを上げ、新婚夫婦に祝福の言葉を捧げ、彼らの平和と繁栄に満ちた長寿を祈りました。そしてその瞬間、島民たちが新しい王と女王の結合を祝ったとき、牡蠣の女王の約束が実際に実現したことは明らかでした。平和の島はかつての栄光を取り戻し、その未来はかつてないほど明るく見えました。

第21章 王家の昇天

3世紀にわたる沈黙を経て、宮殿の大広間は興奮と期待で満ち溢れた。牡蠣の女王の昔からの約束が果たされるのを辛抱強く待っていた島民たちは、今度は新しい国王と女王の戴冠式を見届けるために集まった。フェルディナンドとローズマリーは、その行動によって島に繁栄を取り戻した選ばれたカップルであり、間もなく平和の島の王位に就くことになります。

優雅なローブを着たフェルディナンドとローズマリーは手をつないで中央の通路を歩いた。何世代にもわたって眠っていた遺産の象徴である玉座に近づく彼らの穏やかで威厳のある態度は、見物人の感嘆の念を呼び起こしました。司祭は厳粛な笑みを浮かべて彼らを歓迎し、安定した声で伝統的な誓いを立てるまで夫婦を導いた。彼は優しい手で彼らの頭に王冠を置き、彼らをフェルディナンド王とローズマリー王妃と正式に宣言した。フェルディナンドの手に、彼が新たに獲得した権威と途切れることのない平和の約束の象徴である、天の輝きできらめく杖を置きました。

「フェルディナンド王万歳！」司祭はそう宣言し、その声が広間に響き渡った。人々は一斉に反応し、敬意の声を上げた。

「そしてローズマリー女王様万歳！」司祭が続けると、再び群衆が加わり、その声は忠誠と希望の合唱となった。

フェルディナンドとローズマリーは、この出来事の重大さに謙虚な気持ちで視線を交わした。今日に至るまでの彼らの旅は課題と試練に満ちていましたが、彼らはここに立って、島の古代の予言が成就しました。豪華な儀式と人々の圧倒的な献身は、まるで美しい夢の中にいるかのように非現実的に感じられました。

島の豊かさを認めて、宮殿の宝物庫には輝く真珠があふれました。これは島に繁栄が戻ってきたことの証です。島民もまた、調和の回復を示す深海からの贈り物である真珠を保管するには限界を超えたものを所有していました。

フェルディナンドは王としての最初の行為として、島の海岸を越えて世界に手を差し伸べました。彼はサー・ジェラルドとオズワルドに大使を務めるよう正式に要請し、英国女王陛下に新しく生まれ変わった島を訪問するよう招待状を届けた。フェルディナンドの印章が刻まれた巻物である招待状は、島と広い世界との間の架け橋でした。彼はジェラルド卿とオズワルド卿に、島の人々からの贈り物である精巧な真珠の宝石が詰まった3つの華やかな箱を贈り、友好の象徴として女王陛下に捧げた。

フェルディナンドは女王への贈り物に加えて、彼とローズマリーを支えてくれた家族にも感謝の意を表した。彼は真珠の宝物が入った箱をエヴァンス夫妻に3箱、オズワルド夫妻に3箱贈呈した。家族はこれらの記念品を温かく受け取り、名誉に感謝し、島の行為に深く感動しました。

第22章 別れの航海

戴冠式が完了し、島の将来が確保されたので、魔法のタツノオトシゴが海に戻る時が来ました。その使命は果たされ、タツノオトシゴは新しい王と女王に別れを告げる準備をしました。岸に近づくと、それは最後にもう一度フェルディナンドとローズマリーを祝福して、威厳のある頭を下げました。ローズマリーの目には涙があふれてきました。その壮大な生き物がゆっくりと水の中へ入っていき、そのきらめく姿は力強さと優雅さのビジョンを表していました。

タツノオトシゴが変形し始めると、集まった観衆は息をのんだ。その雄大な姿は徐々に縮小し、再び小さく繊細なタツノオトシゴに戻った。タツノオトシゴは最終形態で深海の中に泳ぎ、地平線の彼方に消えていきました。近くに立っていたサー・ジェラルドとレディ・エヴァンスはその変化に驚き、神秘的な別れに魅了されました。彼らは、伝説の生き物とそのような魔法のような絆を共有できた娘がどれほど幸運だったかを考えずにはいられませんでした。

出発前に、ローズマリーは家庭教師に、一緒に島に残るように心からお願いしました。ローズマリーの嘆願に心を打たれた家庭教師は喜んで同意し、人生の新たな章において彼女の側に留まることにした。

ついに、エヴァンス夫妻、オズワルド夫妻、そして他のゲストたちが島を出る日がやって来た。彼らはイギリスに戻る船に乗り込み、楽しい思い出と島とその人々への深い敬意を抱きながら出発しました。島民たちは、ゲストを歓迎したときと同じ親切さを示し、彼らを船まで安全に運ぶためのボートを提供しました。真珠の装飾品が詰まったギフトボックスを満載した島民たちは、すべての箱が無事に海の城に到着したことを確認し、出発するゲストたちに別れを告げました。

オズワルド夫人は子供たちのエドワードとアニーを伴い、ジェラルド卿が手配した立派な馬車に乗って海の城へ戻りました。彼らの心は感謝の気持ちでいっぱいで、島の思い出だけでなく、島への感謝のしるしとして贈られた美しい真珠のジュエリーも持ち歩きました。

城に到着すると、レディ・エヴァンスは真珠の宝物が入った3つの箱を注意深く調べ、それぞれの作品の複雑な美しさに驚嘆しました。真珠を身に着けているとき、彼女は深い喜びと誇りを感じ、娘が現在統治している魔法の国を思い出させるものとしてこれらの贈り物を大切にしていました。

ジェラルド卿とオズワルド卿は時間を無駄にすることなく、島の招待状を英国女王に届ける準備をしました。彼らは、平和の島の素晴らしさを島の向こうの世界と共有することを決意して、一緒に出発しました。

第23章: 王室の出会い

英国に到着すると、サー・ジェラルドとオズワルドは女王殿下との謁見を許された。大広間に入ると、彼らは、平和の島のフェルディナンド王とローズマリー王妃からの贈り物である、まばゆいばかりの真珠の宝石が詰まった、精巧に装飾された 3 つの箱を差し出しました。紳士たちはこの島の物語を語った。この島は人間と野生生物が調和して暮らし、暴力や流血の影響を受けず、人々が平和を最も神聖な価値として大切にするようになった場所だった。

女王は熱心に耳を傾け、島の独特のやり方を知るにつれ、その表情は好奇心から心からの賞賛に変わりました。血が流されず、野生の獣さえも人間と平和に共存する土地という概念は、彼女の想像力を魅了しました。彼女は、このような注目に値する王国の指導者であるフェルディナンド王とローズマリー王妃の話に感動していることに気づきました。女王は深い敬意の念を込めて、この素晴らしい島と、島の豊かな平和と繁栄の象徴であると認識した素晴らしい真珠を訪問する招待を受け入れました。

これに対し、女王陛下は、平和の島の国王と王妃への賛辞として慎重に選ばれた金、珍しい宝石、貴重な工芸品など、ご自身の豪華な贈り物で感謝の意を表されました。サー・ジェラルドとオズワルドは彼女の優しさと寛大さに圧倒され、心からの感謝を伝え、愛する国王と王妃に女王の反応を分かち合いたいと大きな期待を抱いて出発した。

島に戻った大使たちは女王が招待を受諾したことを喜んで伝え、贈り物を贈呈した。フェルディナンド王とローズマリー王妃は、女王の善意と支援に深く感動しました。温かさと誠実な交流は、平和の島とイギリスとの間の有望な同盟を象徴していました。

第24章：女王の訪問と平和条約

英国女王殿下は、ついに待望の平和の島への旅をされました。船が海岸に近づくと、彼女を迎えた光景は魅惑的でした。太陽の光が降り注ぐ活気に満ちた風景、豊かな緑が海と出会い、野生の生き物が人々の間を自由に歩き回っていました。フェルディナンドとローズマリーは両手を広げて彼女を歓迎し、島の調和のとれた世界に彼女を案内したとき、彼らの喜びは明らかでした。

女王は島の静けさに魅了され、人々の間を恐れることなく歩き回る動物たちの姿に衝撃を受けました。そこには柵や鎖はなく、種間の階層意識もなく、ただ集団的な平和が土地の隅々にまで浸透していました。目撃したものに感動した女王は、この特別な場所を、その静けさを乱すあらゆる脅威から守るよう奮起したと感じました。したがって、彼女は王国の保護を誓約し、必要なときにイングランドが島の側に立つことを保証する平和条約に署名しました。

平和条約に加えて、女王とフェルディナンド王は貿易同盟にも合意した。このパートナーシップは、真珠と貴重品の交換を約束し、それがイギリスと平和の島の両方をさらに豊かにすることになるでしょう。女王はこれらの協定に署名する際、島の評判を永遠に尊重する宣言を行い、島を「地球上で最も平和な場所」と宣言した。この島に対する彼女の賞賛は非常に深いものであったため、可能な限りその比類のない静けさを体験したいと切望し、頻繁に戻ってくることを約束しました。

この新しい同盟は島民に豊かな時代をもたらしました。彼らは真珠を遠くからの珍しい品物と交換し、繁栄をさらに高めました。彼らの土地は香り豊かな色とりどりの花に恵まれ、いたるところに咲き誇り、空気は優しく甘い香りで満たされていました。畑では豊かな作物が実り、緑豊かな牧草地が島全体に広がり、動物たちに豊富な放牧地を提供していました。どの動物も捕食者ではなかったため、バランスと相互尊重によって定義される生態系の中で平和に歩き回っていました。

第25章: 永遠の調和の王国

日が経つにつれ、島は誰もが想像していた以上に繁栄しました。海流と強風は自然の守護者として機能し、海賊や望ましくない訪問者を遠ざけました。静けさと繁栄の場所としての評判に惹かれて、善意を持つ者だけがその海岸に到達することができました。遠く離れた国の国々はすぐに平和の島との平和的関係を模索し、尊敬される豊かな土地としての地位を強化する追加の条約を締結することにつながりました。これらの協定は動物の取引や販売を厳しく禁止し、島のアイデンティティの大切な一部となった最愛の野生動物を保護しています。

季節が過ぎるごとに、島の美しさは増し続けました。人々は満足し、安全を確保し、労働の成果と土地の豊かさを享受しました。島の鳥たちの陽気なさえずりが絶え間ないメロディーとなり、島そのものの魂そのものを反映しているかのように、あらゆる瞬間を楽しいハーモニーで満たしました。

エヴァンスとオズワルド一家は、フェルディナンドとローズマリーを頻繁に訪ねて戻ってきましたが、彼らは彼らを心を開いて歓迎してくれました。イングランドで政治的地位を高めたオズワルドは、もはや単なる裕福な地主ではなく、影響力を持つ尊敬される人物となった。国王と女王との絆は依然として強く、これは島で花開いた永続的な友情の証です。

ローズマリーの家庭教師ローラは、ローズマリーの要請に応じて島に残り、彼女の法律顧問および忠実な伴侶として働くことを選択した。彼女の知恵は、ローズマリーが女王としての新しい役割を乗り越えるのに非常に貴重であることがわかりました。しかし、ジェラルド卿の息子リッチモンド・エヴァンスの誕生で家族が増えると、ローラは1年後にイギリスに戻り、再び家族を支える準備が整いました。

フェルディナンド王とローズマリー王妃の賢明で慈悲深い統治の下、平和の島は繁栄を続け、他の国々に模範を示しました。平和と豊かさの王国としての評判は高まるばかりで、遠くから賞賛を集めました。統治している限り、フェルディナンドとローズマリーは島とその人々を大切にし、優しさと誠実さをもって統治しました。彼らはともに臣民と調和して暮らし、お互いを愛し合い、王国は後世まで記憶に残る平和の遺産を確固たるものにしました。

終わり